LARK
CARRIER

BILDERBUCHSTUDIO
VERLAG NEUGEBAUER PRESS, SALZBURG–MÜNCHEN

Lisa hat ein ganzes Jahr auf den einen Tag gewartet. Auf den Tag, an dem Vater ihren Baum heimbringen würde. Mit glänzenden Kugeln und funkelnden Weihnachtslichtern sollte er dann geschmückt werden.

Das ganze Jahr über hat Lisa den Baum im Auge behalten. Sie wollte ganz sicher sein, daß er für Weihnachten bereit ist.

Nun hört sie Vater rufen.

Lisa!

*Aufwachen!
Höchste Zeit, deinen
Weihnachtsbaum zu
holen!*

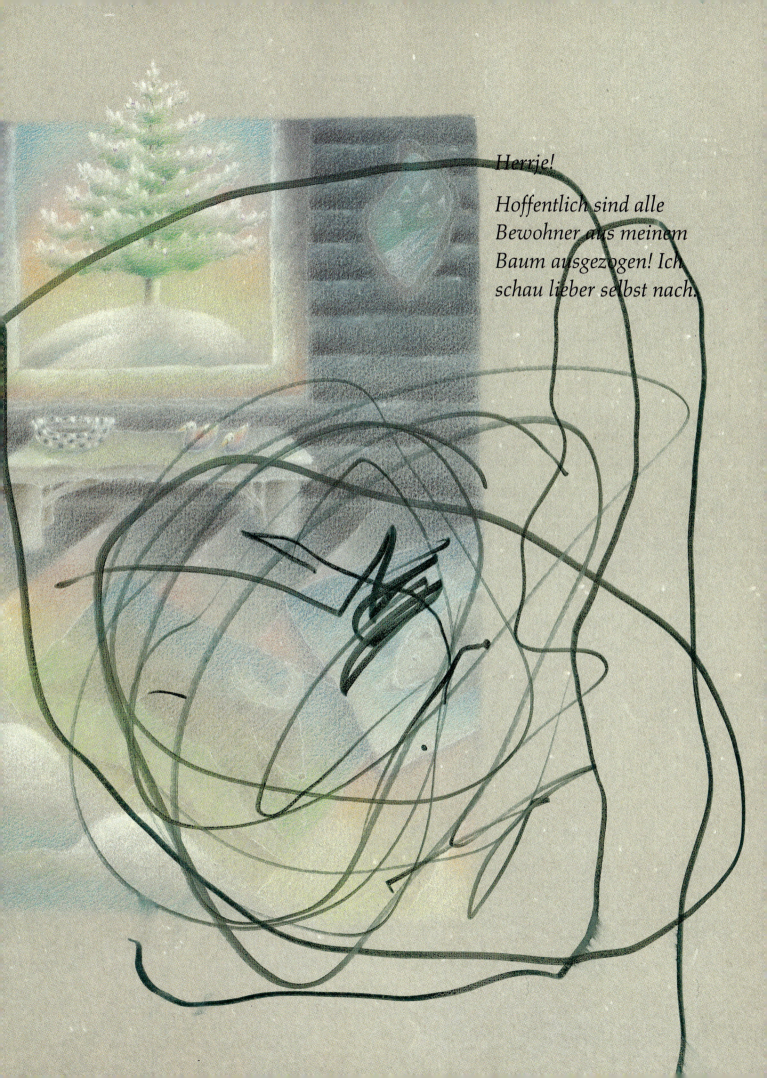

Herrje!

Hoffentlich sind alle Bewohner aus meinem Baum ausgezogen! Ich schau lieber selbst nach.

*Hallo! Hallo!
Ist da jemand?
Hallo! Hallo!*

Keine Antwort.

Diese Ruhe heute…!

Nun ist Lisa auf einmal traurig und fühlt sich verlassen. Sie muß an ihre Freunde denken, die in ihrem Baum gelebt haben. Wo sind sie nun alle hin?

Laut lachte Lisa, als ihr einfiel, wie im Frühjahr Herr und Frau Blauflügel den beiden Rotfedern den Platz im Wipfel streitig machen wollten.

Was für ein Lärm!

Zum Glück hatte mein Baum ganz oben zwei erstklassige Aussichtsplätze, so daß beide Pärchen bleiben konnten. Nur mußten sie mir versprechen, zu Weihnachten auszuziehen.

Und sie haben's versprochen.

Als dann die Gelbfinken kamen, gab es lediglich einen unbedeutenden Aufruhr, bis sie sich in den unteren Ästen niedergelassen hatten.

Auch sie mußten fest zusagen, bis Weihnachten ausgezogen zu sein.

Und sie alle haben's versprochen. Bald schwankte mein Baum hin und her. Er mochte schwindelig geworden sein vom emsigen Ein- und Ausfliegen der buntgefiederten Vögel, die eifrig ihre Jungen fütterten.

War das eine Aufregung!

Eines Tages landete ein riesiger Goldfasan auf dem Wipfel. Der machte einen Wirbel — nicht zu sagen! Er erklärte, künftig öfters vorbeizukommen; denn hier fände er's geruhsam nach seinen fetten Mahlzeiten im Kornfeld.

Ich dachte mir, der Baum verträgt es schon, hie und da ein bißchen gerüttelt zu werden. Der Vogel schlug zwar bei jedem Aufsitzen ein paar Tannenzapfen ab, aber was machte das schon! Hauptsache, er versicherte, vor Weihnachten damit aufzuhören.

Und er hat's versprochen.

*Dann aber:
Tak-taktak-taktak!*

Kopfschmerzen bekam man davon. Damals hatte sich Silberschnabel vorgenommen, meinen Baum zu säubern.

Den lieben langen Tag hämmerte er und hatte abends den Mut zu erklären, er sei noch längst nicht fertig. Alles dauerte eben seine Zeit, meinte er.

Schon gut, sagte ich, aber er müßte auf alle Fälle versprechen, bis Weihnachten seine Arbeit erledigt zu haben.

Und er hat's versprochen.

Als die Eule — ich nannte sie Orangenauge — Einzug hielt, fürchteten alle, mit der Nachtruhe sei's jetzt vorbei. Aber bald schlief man besser im Baum als je zuvor; hielt Orangenauge doch auch Nachtwache!

Freilich: Auch sie mußte fest zusagen, Weihnachten wieder zu gehen.

Und sie hat's versprochen.

An dem Tag, als Familie Weißstreif eintraf, rannten wir um unser Leben.

Ein Gestank – nicht auszuhalten!

Später entschuldigte sich Herr Weißstreif, er wäre in Panik geraten und hätte die Nerven verloren bei dem Getöse, das wir gemacht hätten. Und wehe, wenn ein Stinktier die Nerven verliert! Sollte alles nicht wieder vorkommen, meinte er. Also hatte niemand etwas dagegen, daß er sich mit seiner Familie im unteren Bereich des Baumstammes einrichtete und bleiben dürfe – wenn er nur verspräche, zu Weihnachten wieder auszuziehen.

Und er hat's versprochen.

War das aber erst ein Gekreisch, als die Grauhörnchen daherkamen! Sie gellten und schrien unentwegt. Keiner verstand, worum es ging.

Erst als Herr Silberstreif drohend seinen Schweif erhob, waren sie auf der Stelle ruhig.

Allgemeine Zustimmung fand der Vorschlag, den Grauhörnchen die untere Wurzelkammer zuzuteilen – zum Lagern der aufgesammelten Tannenzapfen wie geschaffen.
Aber zu Weihnachten mußten sie unbedingt…

Und sie haben's versprochen.

Grünschleich, die Schlange, jagte mir einen Schrecken ein, als ich sie das erste Mal erblickte. Sie wand sich gerade den Baumstamm hoch, um ein paar Sonnenstrahlen zu erhaschen.

Da noch genügend Platz war in den dunklen Wurzelhöhlen des Baumes, wurde beschlossen, das Schlangenpaar ebenfalls zu beherbergen. Solch ruhige Zeitgenossen sind angenehm; aber auch sie mußten versprechen, bis Weihnachten sich davongemacht zu haben.

Und sie haben's versprochen.

Selbst all den kleinen Bewohnern, die mir beim Picknick begegneten, habe ich ausdrücklich gesagt: An Weihnachten heißt's ausziehen:

Den Ameisen, die so gerne den Baumstamm rauf und runter krabbelten und Rindenstücke schleppten,

den Schmetterlingen, die sich an die Zweige hängten und schaukeln ließen,

dann noch den schillernden Käfern, die bedächtig durch das Wurzelwerk krochen oder manchmal ein bißchen herumflogen.

Und sie haben's versprochen.

Jetzt aber – wie still es hier ist!

Alle meine Freunde sind weggezogen, wirklich alle. Sie haben ihr Versprechen gehalten.

Was hab ich nur gemacht?!

Lisa fühlt sich einsam und traurig.

Lange steht sie da und denkt nach. Dann ruft sie so laut sie kann:

HÖRT MICH AN! *Wenn ihr alle zurückkommt, bleibt der Baum draußen stehen und wird nicht abgesägt. Euch soll er doch gehören, jetzt und immer, nicht mir. Das versprech ich.*

Lisa wartet.
Aber es regt sich nichts.

Heute ist Heiliger Abend.
Lisa legt sich schlafen,
aber sie kriegt kein Auge zu.

Wie entsetzlich, denkt sie,
*kein Lärm,
keine Freunde,
kein Weihnachtsbaum,
nichts.*
Was soll denn das?

Tap-tap.
Lisa rennt zum Fenster.

Da steht der Baum.
Noch nie hat sie ihn so
wunderschön gefunden.

O, ihr seid wieder da!
Alle, alle seid ihr wieder da!
Und nie mehr, nie mehr
sollt ihr wieder fort müssen.

Das verspreche ich euch.

Frohe Weihnachten, Lisa!
Frohe Weihnachten,
euch allen!

Übersetzung: Hans Gärtner.

Copyright © 1986, Lark Carrier, USA.
Copyright © 1986, deutschsprachige Ausgabe, Verlag Neugebauer Press, Salzburg – München.
Alle Rechte, auch die der auszugsweisen Vervielfältigung,
gleich durch welche Medien, vorbehalten.

ISBN 3-85195-185-9

Printed in Austria by Ueberreuter.